エッセイ集

光の小箱

神泉薫

七月堂

表紙カット　著者

――いくつかの言葉の発声は
一つの羽ばたきである
――オクタビオ・パス『続 オクタビオ・パス詩集』真辺博章訳

目次

空

まあたらしい
生まれたての
ことばを
ほうる

「そら！」

垂直に

垂直に
立ち上っていく声が　かきわけていく光年
速度に抗い
純度を武器に
内側で睦みあう
ひそやかな音と青さ

はずみをつけて
ほうる
垂直に
ただ垂直に

発語するものの
草原のきらめき
恐れを知らぬまぶしさはあふれ
仰ぎ見るすべを忘れたこの手に

まあたらしい
生まれたての
ことばは
はねる

「そら!」

I

空の下で

人はみな空の下に住んでいる。普段は見上げることのない空を、改めて見つめる瞬間に出会うと、その広やかさに身も心も解されて、ほっと呼吸が大らかになる。

娘が二歳を少し過ぎたころ、自転車の補助席に乗せて、道を走っていた時だ。娘はいきなり、小さな人差し指を高々と上げて、空を指差し、「そら！」、「そら！」と叫んだ。それはそれはとてもうれしそうに。

どうやって、子は、目の前にある「コップ」を「コップ」と、自分が座っている「椅子」を「椅子」と、外に出て、見上げる広い青いものを、「空」と認識するのだろうか。人間の成長の内側で、「ことば」と「事物」がしっかりと認識されるプロセスは、とても不思議だ。

思わず、その声に導かれて、私は「空」を見上げた。「ああ、空だ」。何の混じりけもないまっさらな素直な気持ちでそう思った。そして、うれしさがこみ上げてきた。ことばにして確かに事物が存在する、という安心感、今、娘と二人、「空」を見ていることの、何とも言えない幸福感に胸がすっと温かくなった。あたりまえに存在すると思っていることは、本当はあたりまえではなく、小さな奇跡の積み重ねなのだ。忙しない日常に追われて、少し疲れていた私の目に入り込んできた、澄んだ青空の清々しさは、今も忘れられない。

「ああ、空だね!」。空は何も語らないが、ただそこに在ることで、私たち人間を大きく包んでくれている。子どもの目は、きっといつも、濁らぬ澄んだ目で、世界をじっと見つめているのだろう。空の青さと美しさを忘れていく日々を送らないように、時には、すっと頭を上げて、あの「空」を見上げたい。

自由帳の時間

娘が幼稚園に通い始めた時のこと、何かを待つ時間に、お絵かきをする自由帳を持たせていた。

初めて使い切った自由帳を持ち帰ってきた時、開いた自由帳に描かれた、まるや四角、点や線、まだ確かな形を持たない色あざやかな描かれたものたちを見た時、思わず涙がこぼれた。生まれてからずっと一緒に過ごし、いつも、自分の目の届く場所にいた娘が、慣れ親しんだ家から離れて、社会という広い世界に柔らかな一歩を踏み出した、そのかけがえのない証に思えたから。

どんな気持ちでこのまるを描いたの？　このぎざぎざの線は、ちょっぴり淋しかったのかな？　まだ、混沌とした心のざわめき全部を、ことばにできない娘の無垢なほほえみを見つめながら、人間の成長の枝葉の、萌える音を聞いたように思った。

使い切った自由帳が何冊もたまっていくと、その分だけ、娘の中に、私の知らない時間が積み重ねられてゆく。それは、少し淋しくもあり、誇らしくもあった。お友達と手をつないだ時間、お弁当を食べた時間、かけっこ、滑り台、楽しく歌を歌った時間。他者の声や温もりに育まれて、生きた時間の確かな足取りが残されていくのだ。

自由帳の白い余白に描かれた線の向こうに、子どもたちひとりひとりの、豊かな表情が踊っている。赤や青、黄色や茶色に彩られたページが、季節の風にめくられてゆくことは、何と喜ばしいことだろう。自由帳の一枚一枚が、決して破られることのない、広がりゆく心の「帆」に見えてくる。「いってらっしゃ

い」と送り出した扉の向こう、伸びやかに想像のつばさを広げようと、今日も
小さな愛らしい手が、クレヨンをぎゅっと握るのだ。

かかとのふくらみ

子どもの成長は早いものだ。こんこんと眠る間にすくすくと手足は伸び、あっという間に、衣類のサイズが合わなくなる。あわててちょっぴり大きめの靴下をはかせると、かかとの部分がぷくっとふくらんで、こぶができたようになる。ああ、少し早すぎたかなと、先走った買い物をいくぶん後悔するけれど、いつのまにか、子どもの足はむくむくと大きくなって、かかとのふくらみがすーっと消えてしまう朝が訪れる。その瞬間、ああ、大きくなったんだなと、ほっと胸をなでおろす。

考えてみれば、人間がただ純粋に「大きくなること」を望まれる時間は、子ども時代に限られることではないか。心の成長や人間性のふくらみを期待する、という意味合いにおいては、年齢問わず、生涯どこまでも追及されるものではあるけれど、小さな木が空に向かって背丈を伸ばしてゆくような成長を、無心に願い、寿がれるのは、子ども時代ならではの柔らかな喜びの時間に思えてくる。

赤ちゃんが誕生した時、手形をとるのも、後の成長を願うからだ。年を重ねて、その手形に現在の手を置いた時、小さな手形からはみ出した分だけ、子どもは、世界を確かに生きたのだと言える。成長とは、生から死へ向かう人間にとって、ある種の終わりに近づく切ない事実でもある。けれど、命の輝きは、成長の一瞬一瞬に確かに宿り、ひとつひとつが、私たちの生きる日々の、かけがえのない支えになる。子どものかかとの見えない余白は、人間の可能性という種子がつまった、宝物の時間なのだ。人間の豊かな「伸びしろ」が、あのぷくっとしたふくらみにはひそんでいるような気がする。

朝の支度をする時、ぴったり合った靴下のかかとを見つめると、自分の中にある「成長」という芽が、枯れてしまってはいないか、ひそやかに自問する。わずかな隙間に、懸命に未来予想図を描いて、ぐんとつま先を伸ばし、今日という一日へ、一歩、歩みを進めるのだ。地を蹴って駈けてゆく、子どもたちのまぶしい背中を追いかけながら。

水薬のオレンジ色

ちょっぴり甘いオレンジ色のシロップを、メモリを量って小さな口に運ぶ。

子どもの発熱。いつ起こっても、少しだけひやっとする瞬間だ。さっきまで元気に遊んでいたのに、リビングの隅っこで、急にしぼんだ風船のように元気がなくなる。おやっと思っておでこに触れると、決まってじんわりと熱い熱がこもっている。

慌てて病院に連れて行き、薬をもらってほっとする。プラスチックケースに入ったオレンジ色の水薬は、どこか懐かしい夕日の色に似ている。「あまーいお薬飲んだら、お熱下がるよ」。ぼんやりとした瞳はうるんで、胸に預けられた体は、ずっしりと重たく、自分も一緒に地面に沈み込んでしまいそうになる。早く下がってくれないかなと、心配で気持ちが焦り、一日が永遠に続くように感じる。それはきっと、薬や熱を、一定の時間ごとにはかる行為が、閉ざされた部屋の一か所で円をつなぐごとく繰り返されるからだろう。たちまち時間間隔が狂っていく。

繰り返しが好きな子どもの、繰り返す発熱は、何度経験しても、慣れることがない。ひとつ病気を重ねるごとに、体も心も強くなる、そうわかってはいても、苦しい息を吐きながら眠る子のおでこや背中、足をさすりながら、不安で眠れない夜を過ごす。明け方、白み始めた空を見つめる度に、つたないながらも母親であることの、確かな重みを感じた。

数日たった朝、すーっと熱が下がり、むくっと起き出した子の瞳に、元気がみなぎり、食欲が戻ってくると、一日という時間に、すっと鮮やかな色が戻ってくる。明るい日射しがまぶしくなり、水薬のオレンジ色は、すこし淋しい夕日の色から、はつらつとしたオレンジ色の太陽の色に変わるのだ。少しの時間眠っていた靴も、ようやく起き出して、また公園へと走り出す。

夕方泣くこと

娘が生まれて、三ヶ月を過ぎたころ、夕方決まった時間になると泣く。おっぱいをあげても、おむつを替えても、ずっと抱いてあやしても、一向に泣き止まない。たそがれ泣きと知った。こんな小さな赤ちゃんにも、「たそがれる」感覚があるのだろうか。赤ちゃんには赤ちゃんなりの泣く理由があるのだろう。生理的にせよ、感情的にせよ、何か不快な感覚が、夕方になるとむくむくと湧き起って、泣くという行為になるのだろう。

何とか眠ってくれないかな、と途方にくれる毎日、ある日の夕方、ずっと抱いていた腕の痛みが限界に達した。どうあがいても泣き止まぬ娘。崩れるように布団の上へ娘を下ろす。その仕草は、少し乱暴だったかもしれない。ずっと睡眠不足が続いていた。一瞬の後、思わず抱き上げ、ぎゅっと胸に抱きしめる。ああ、ごめんね、ごめんねと、自分もおいおい泣いていた。ゆっくりと夕日が、窓の向こうに落ちていく。夜の闇のように沈んでいく心。体にも心にも、ゆとりを失くした時、本当に人は、怖い。

少し大きくなると、今度は、刃やとがったものが怖くなった。鋏も箸も、異様に恐ろしい。娘を傷つける可能性のあるものを、しつように遠ざけようとした。子を傷つけるかもしれない自分と、子を傷つけるものを一切省いていく自分。どちらも、不安と自信のなさから生まれるものだ。ただただ頼りない自分がいて、愛おしさと同時に、日々、命の重みに押しつぶされそうだった。

もっと一緒に泣いてしまった方がいいのかもしれない。傷つくことも恐れずに、共に痛みも分かち合えばいい。もっと広やかに、子の成長を楽しめばいいのだろう。今振り返ればそう思う。気づくのは、ずっと後だ。ゆっくりと不器用に、自分もはいはいしながら、つかまり立ちを覚えながら、少しずつ立ち上がる、小さな母だった。

プルーンの味

ひとつの命が自らの内に宿る。それはとても不思議な時間だ。時とともに、自分のおなかがまあるくまあるく膨らんでゆく、今までの自分の体の感覚とは全く違う変化に驚く。内側に宿る命が光へ向かってゆくプロセスは、人が進化してゆく太古の時間へと思いをはせる時でもあり、また、純粋に新たな命を迎える喜びを育ててゆく時間でもある。

初めての胎動は、まるで水の中に金魚が泳いでいるようなくすぐったさを覚えた。ひそやかな小さな命の躍動を下腹部に感じた瞬間、ああ、本当に、ここにいるんだな、と子の存在を改めて実感し、ほっと胸をなでおろした。妊娠後期になり、動きもたくましく、力強くなり、かかとでお腹を蹴る動きが手のひらで感じられると、もうすぐ会える！　と、思わず笑顔がこぼれた。文字通り命を分ける時間は、血流を与える時間でもあって、貧血気味になり、よくプルーンを食べていた。冬に向かいつつある空を見上げ、甘酸っぱいプルーンを頬張り、お腹をなでながら、やがて出会う命に思いをはせていた。

予定日まで、もうまもなくとなったころ、お腹の動きは、日々確かめることができたが、ふと「声」が聴きたいと思った。この子の産声は、どんな声だろう。人はみな、産声を上げた瞬間、この世界に、その存在を刻み込む。そして人としての一歩を踏み出していく。これからの季節、日々の営みを共に過ごしてゆく子の初めての声、呼吸を思いながら、ゆっくりと傾いていく陽の光を見つめていた。

光へ

命の誕生、それは、この世でもっとも愛おしい人の「声」を聴くことだ。

二〇〇〇年、ミレニアムと言われた新しい世紀の始まり、どこか新鮮な空気を感じていた。その年の三月、初めての妊娠がわかった。柔らかな期待が波のように訪れた早春。生まれ来る小さなひとの面影を想像し、衣類をそろえ、おむつをそろえ、指折り数えながら、瞬く間に季節は過ぎた。

出産予定日より二日ほど早く、静かに陣痛が始まった。ぎゅっとお腹を締めつけられるような鈍い痛みが等間隔で続く。そして少しずつ間隔が狭まってゆく。時計の針とにらめっこしながら、教科書通りに痛みは進み、その日の夜には病院へ入院した。でも、それからが長かった。一晩中痛みと向き合い、朝方ようやく破水したが、なかなか生まれず、微弱陣痛が続いた。こんな声が自分に出るのかしらと思うような激しいうなり声をあげながら、ただただお腹の子が無事であることを願っていた。

始まったら産声を聴くまで終えることのできないお産。出口の見えない暗い森をひとりでさまよう気持ちだ。ほのかな灯りを携え、導いてくれる助産師さんの手を頼りに、ひとつひとつの呼吸を大切に、痛みの山を乗り越える。秒針を見つめながら、ひとつひとつ……。やがて意識が朦朧とする中、ふいにある瞬間が訪れた。「お産でーす!」と、緊迫したひとつの声が響いた。その声を聴いた時、一瞬、世界が停止した。天井のライトが白くまぶしく光り、全力でふりしぼる大きないきみとともに、みずみずしい澄んだ声が分娩室に響きわたった。宇宙からつながる透明な産道をくぐりぬけて、真新しい命が誕生した。午前九時五十五分、二三六六ｇの小さな女の子。初めて胸に抱くふにゃふにゃとした重さは、何とも言えない未知の温もりに満ちていた。

ほっと肩の荷が下りて、病室から眺めた秋晴れの空。その美しい青さを瞳に焼きつけて、私は、新しい母になった。

たまねぎの匂いは

里帰り出産を終えて、自宅に戻ってきてからの、家事は戦争だった。慣れない育児をこなしながら、ベビーカーを引いて、自宅からすぐのドラッグストアに買い物に行くことでさえ、はるか遠い旅に出るような気合いがいる。実家に甘え、上げ膳据え膳の生活から、数時間ごとの授乳やおむつ替えの合間に、ひとりで食事を作ることも、リズムがつかめず苦労した。世のお母さんたちはみな、もくもくとこれらの作業をこなしていることに、心底尊敬を覚えた。

娘は十一月生まれ、実家から自宅へ戻ったのは、年末、冬だった。少しずつ自分なりの時間割が出来始めたある日、クリームシチューを作ろうと、涙に潤む瞳をこすりながらたまねぎを炒めた。そのとき、ふいに懐かしい香ばしい匂いが部屋いっぱいに立ち込めた。はっとした。五感が目覚めた瞬間だった。新しい命を迎えた生活が、今やっと、ほんとうに始まる、小さな合図のように思えたのだ。炒めたたまねぎの、香ばしい匂いは、自分の手で何かを創り出していく、あたりまえの日常が、今ここにあることを感じさせてくれた。

風の匂いも変わり、ここから、未知の家族の歩みが始まっていく。季節の彩りが、より一層鮮やかに輝いた。ひとつの命を迎えることで、がらりと世界の景色が変わる。小さな命に寄りそう日々は、もう一度、世界を生き直すこと。たよりないけれど、芽生え始めた親という自覚とともに、この大地をつよく踏みしめて生きようと、寝不足の目をこすりながら、白い水面に浮かぶ人参の、ほっこりしたオレンジ色を、しばし見つめた。

もう会えない

人と会う喜び、そして会えない淋しさを、私たちは、いつどんな風に覚えるのだろう。

娘が幼稚園に通っていたころ、大好きだったテレビアニメがある。毎週日曜日、放送時間になると、むくっと起きて、眠たい目をこすりながらテレビの前に座った。ふたりの少女たちが、合言葉を唱えて変身すると、娘の目もキラキラと輝いて、振りつけを真似してよく遊んだものだ。

でも、どんなに楽しみにしていても、始まりには終わりがあって、最終回の日がやって来る。最後の放送日のこと。エンディング曲が流れ、番組が終わった途端、娘は、「もう会えない！」と言って、わんわんと泣き出した。

たった数年の生の営みの、ほんのわずかな時間を共有したアニメの主人公たち。会うこと、再会を待つことを小さな胸で愛おしむ。そして会えない哀しみを感じる。そんな感情がいつのまに育ったのか。驚きとともに、成長への喜びと、こみ上げる切なさを感じた。娘の記憶に刻まれた、登場人物たちと過ごした時間は、ひとつひとつ、かけがえのない宝物なのだ。

私たちは、誰もが皆たったひとりで生まれ、ひとりで天に帰る。けれど、地上に舞い落ちた時、受け止める手が確かに在ったこと、たくさんのまなざしや声に出会ったこと。いくつもの出会いが、まっさらな生の器に降り積もって輝きを放つ。もう会えない、その喪失も、やがて新たな出会いへつながるステップになる。

泣きはらした頬が乾いたら、テレビを消して公園へ行こう。ブランコに乗った笑顔の友だちが待っている。思いきり遊んだら、「また明日!」と約束を交わそう。また会える、そうまた会えるよ。明日も明後日もきっと、またね。

遠足の旗

五月晴れの青空は、本当にきれいだ。真っ白い入道雲がもくもくと空を泳いで、気持ちの良い木陰の空気を吸いたくなる。近所の幼稚園から、先生の手に引かれて、園児たちが小さなリュックと水筒を下げて楽し気に歩いていく姿を見ると、娘の初めての遠足の風景を思い出す。

「ママ、旗だ、旗だよ！」

ある日の朝食時、テーブルに置いたスープを飲もうとした時だ。スープに浮かんだ緑色のほうれん草を見て、娘は、満面の笑みを浮かべてこう叫んだ。

その数日前だっただろうか、幼稚園の春の遠足、近所にある自然公園で、集合、整列した時のこと。クラスごとに色とりどりの旗が気持ち良さそうにそよいでいた。娘は、ほうれん草を見た瞬間、風にはためくこの時の、遠足の旗を思い出したらしい。

記憶の一場面が、今、目の前にあるほうれん草の姿とつながって、思わずことばとなって躍り出たのだ。ほうれん草は、旗の比喩であるが、娘にとっては、今、目の前の「ほうれん草」は、食するための「ほうれん草」ではなく、まさに「旗」そのものなのだろう。そして、楽しかった遠足の記憶もまた思い出しているのだろう。

子どもの中に重ねられていく経験のひとつひとつ、見るもの、聞くもの、触れるもの、すべて、その子の記憶の引き出しへと、ていねいにストックされて、ことばとなって現れ出る。日々、新鮮な驚きや発見を胸に刻んで成長していく、その何気ない営みを、「旗だよ！」という、娘のことばの奥に垣間見た気がした。

私たち大人は、ほうれん草はほうれん草と、あたりまえの景色のみを見て、通り過ぎてしまってはいないだろうか。子どもの、事物を柔らかくもまっすぐ見つめるまなざしを、つくづくうらやましく思う。

温かいスープを飲み干した食卓は、和やかな記憶の光に満ちて、なんとも穏やかな一日の始まりだった。

II

タンポポの花冠を編んで

タンポポやシロツメクサの花畑に座って、日がな一日花冠を編んでいた。輪をつくる、とは、始まりと終わりをつなぐこと。ひとつの永遠を紡ぐこと。子ども心にも、今ある幸福な時間、豊かな永遠性を生み出し続けることに、小さな喜びを覚えていたと思う。

母の胎内から生まれ出て、まだ数年という子ども時代は、もっとも根源的な命の始まり、宇宙的とも言っていい、時間の広がりを心の片隅に覚えているのではないか？ 生と死をはらんだ、人間という形をした生き物の、ひそやかな営みの循環を、そっと無意識にも胸に畳み込んでいるのかもしれない。

子どもの、黒曜石のように澄んだ瞳を見つめると、それは文字通り暗黒で、決して読み解けない、世界の成り立ちや流転する命の行く末の謎を表しているように思えてならない。キラキラとうるむ瞳の輝きは、人が生きて、この世界を呼吸することの、純粋な喜びと悲しみが点滅するよう、子どもの瞳をじっと見つめていると、不意に吸い込まれそうな気持ちになるのは、果てない「存在」の不思議へと、体ごと心ごと運ばれていくからだろう。

花冠を編んでいる子どもは、うつむいて、大地に目を注いでいる。大地から生まれたタンポポたち、小さな種がやがて芽生え、花となって咲き誇り、枯れ、再び大地へと還っていく。指を伝ってくる黄色い生命力、命の鼓動を、ひとつの輪につないで、柔らかな髪の上に乗せる。そうすると、世界にただ一人の、どこか誇らしいお姫様になって、ゆうゆうと歩いていける気持ちになる。一歩、歩を進めることへの確かな自信が生まれてくる。花冠を編むことは、今日一日を生き抜く勇気をつないでゆくこと。無邪気に遊ぶ、子どもの手は、本当は大きな真実をいつも生み出しているのだ。

誕生会とさくらんぼ

つやつやと光るさくらんぼ。赤ちゃんの薔薇色の頬のような粒を見つめると、Sちゃんの誕生会を思い出す。六月生まれのSちゃんの誕生会には、いつもガラスのボールにいっぱいのさくらんぼがテーブルに置かれた。好きなだけさくらんぼを食べられる贅沢な一日。小学生時代、友だちの誕生会に呼ばれることが楽しみだった。友だちが好みそうなプレゼントを用意して、少しだけおしゃれをして出かける。

招待された数人の友だちと、誕生日を迎えた主人公の友と、一体何を話していたのか、まったく思い出せないけれど、ハッピーバースデーの歌を歌って、名前をそっと呼ぶときの、みんなのクスクス笑いと、ケーキのロウソクを見つめる、ちょっと照れたSちゃんの笑顔が蘇る。

いくつの時だったか、十二月生まれの私の誕生会では、伯母が作ってくれたピンク色のワンピースを着て、髪をふんわりとカールして整え、お気に入りのリボンをつけて友だちを迎えたことを覚えている。料理上手な姉が作ってくれた色鮮やかなフルーツポンチやクレープが並び、綿菓子作りのおもちゃで、ふわふわと白い綿菓子を作って遊んだりもした。両手いっぱいのプレゼントは、もらう時もうれしいが、どんなプレゼントが入っているのかな、とリボンを解いて、包みを開ける瞬間が、もっとも楽しい。ひとりひとりの友だちの顔が浮かんで、なんとも温かい気持ちになった。

たくさんの友たちの、それぞれの生の営みは、一粒一粒のさくらんぼの輝きを放って、今もどこかで暮らしの糸を紡いでいるのだろう。めぐりゆく季節の扉の向こうに、ほの温かいロウソクの灯が、ゆらゆらと、小さく灯る。

水あそび

夏が始まると、小さな人の住む家の庭先には、小さなプールがお出ましになる。象さんのジョウロや、かわいらしいアヒル、水鉄砲、それらの鮮やかな色を見るだけで、どこか心がはずんでくる。真夏の太陽が容赦なく照りつける日も、ホースからほとばしる水しぶきのきらめきを見れば、途端に涼やかな気持ちになる。人は水の記憶を覚えているだろうか？　水あそびを始めた子どもたちは、いつまでもぴちゃぴちゃと水とたわむれている。母の胎内の記憶に親和するのか。あるいは、自らの体に備わる水との距離がぐんと近くなることに、ひそやかな安心を覚えるからだろうか。

幼いころ、一度だけ、海の波にさらわれた事がある。不意に飲み込んだ潮水の辛さ、鼻をツンとつく痛みが今も蘇ってくる。私の生家は、海に近い場所にあり、夏になると、家族でよく海水浴に出かけた。砂の山を作ったり、ヒトデやカニを取ったり、貝殻を拾ったり、絵日記いっぱいに思い出を描いて楽しんだ。けれど、ある年の夏、波打ち際で遊んでいた時、突然、大きな壁となって襲いかかってきた波、水の恐ろしさは、決して忘れることができない。優しい顔をしていた水が、突然牙をむく、変身するということを。私はいつまでも父の腕にすがりついて震えていた。

人は、自然を身内に抱えると同時に、自然という大きな懐の中で生きて在る。小さなプールの中で、時を忘れて水とたわむれる子どもたちを見つめていると、自分の中の水が、さわさわと波打ち、水と共に生きているということを、そっとかみしめる。優しさと厳しさを、交互に見つめ、「今」という時を、見つめる。

夏、蛍

故郷《ふるさと》で過ごした子ども時代の夏は、たくさんの思い出がある。家の庭で友だちと作った子ども神輿。夏祭りのきらびやかな出店の灯り、金魚すくいの金魚たちの背びれを追った日々。甘いラムネの味や焼きトウモロコシの香ばしい匂い。万華鏡をのぞくような色硝子の澄んだ美しさと懐かしさが、ふとこみ上げてくる。黄色いひまわりの大らかな開花は、命の燃焼を思わせた。少し体の弱かった私は、季節の頂点を目指す太陽のきらめきがまぶしすぎるように思えた。燃える陽の光よりも、しんとした、ほの白いある光が、記憶の中から浮かび上がってくる。

実家の隣は蒲の穂が揺れる湿地帯で、窓を開け放つと、すーっと蛍が舞い込んできた。ぽっと、お尻が光る、小さな蛍。そっと捕まえて、手のひらにおいて見せてくれたのは、父だった。闇に浮かび上がる緑とも黄色ともいいがたい幻想的な光は、ずっと見つめていても飽きることはなかった。電気を消したまま、虫かごに入れて、点滅する光をじっと見ていた。ことばにならない美しさ、そして、儚さという世界の本質を、少しだけそこに見ていたような気がする。

蚊取り線香の揺らめく煙の匂いを感じながら眠りにつき、朝になると、蛍は、もう光を放っていなかった。夜の闇の中でだけ、魔法の光を放つ蛍たち。まぶたの裏にうっすらと、まなざしが追いかけた柔らかな光の残像が灯っていた。夏の少し湿気のある空気を吸うと、あの光と、ごつごつとして温かい父の手のひらを、思い出す。

天井が回るとき

幼いころ、よく熱を出した。少し神経質だった私は、気になることがあると、すぐに自家中毒を起こして、布団の中へと逃げ込んだ。ぼんやりとほてった息を吐き出しながら、目を開けると、いつも天井が回っていた。あっ、と思い、目を閉じても、まだ天井は、閉じた瞳の奥で回っている。

五歳の時、糸球体腎炎を患い、病院通いが日常になった。制限される食事や運動、さまざまな漢方薬が私の湯呑みに入れられた。七夕や、初詣のお願いは、決まって「早く病気が治りますように」。小学校の高学年になると自然に治癒し、生活の制限はほどかれたが、冬の教室でひとり、窓辺から、朝のグラウンドを走る友たちの姿を見つめた淋しさは忘れられない。

天井が回って見える、それは、ただのめまいなのだけれど、世界は、自分が休んでいても、確かに回っている。そこから疎外されることの恐ろしさを、ひそかに感じていたのかもしれない。はつらつとグラウンドを回る友たちは、回る地球、回る世界をまっとうに歩んでいるように思えてまぶしかった。回る輪の中に入りたいけれど入れない、もどかしさを感じながら、巡る季節を見つめていた。

子どもが大好きな遊園地には、回る遊具がたくさんある。メリーゴーランド、コーヒーカップ、観覧車、振り返れば、どれもこれも好きだった。地球の正しい回転？　を具現するような、ひとつひとつの遊具の回転に体を預けることは、知らずと自分の体の在処を確かめることにつながっていたのかもしれない。

ぬりえの時間

こげ茶色の廊下とアルコール消毒の匂い。どことなく忙しない白衣姿の大人たちの足元ばかりを見つめていた。腎炎の治療のため、幼いころ数年通った病院は、ひそやかなざわめきと静けさが混じり合う不思議な空間だった。ぽつりぽつりと医者の問いかけに答え、診察と検査を終えると、売店によってぬりえやきせかえノートを買ってもらうことが楽しみだった。

とくにぬりえは、ひとつひとつ小さな達成感があって好きだった。めくるたびに、瞳かがやく愛らしい女の子が微笑んでいる。まずは、目からぬっていく。そのきらめきを永遠のものにするように。次は、軽やかにカールされた髪、黒や茶色、ときには黄色に。つぎは、洋服。ブラウスやスカート、襟のフリルもていねいに。輪郭をきれいになぞって、ピンクやオレンジ、水色、青、思い思いの色を鮮やかにのせていく。ぬり終わると、空白だったものたちが、生き生きと動き出す。ページから抜け出した少女たちの、見知らぬ物語が始まる。

ぬりえには、精神安定やリラックス効果があると言われているが、無心に色をぬっていると、確かに、針を刺された腕の痛みも、ぼんやりとした未来への不安も和らいでいった。ただ好きと思う感覚の中にも、無意識に自らの心を慰めるひとときを求めていたのかもしれない。

絵の中の少女たちの形をなぞり、色づけていくことは、まだ不確かな自分の体を、そっと世界へと位置づける行為だったのか。ここにいるよ、動き出すよ、と。ことばになり得ぬ明日への光を、柔らかな陽だまりを背に受けながら、小さな机の片隅で手繰りよせていた。

柿の木の下で

夏の日射しのまぶしい光が、やがて傾いてゆき、ひまわりがゆっくりと頭を垂れるころ、季節は新たな秋を迎える。ランドセルを背負って玄関から出る瞬間、頬にあたる風がひやっと冷たい。実家の庭の片隅に大きな柿の木があった。毎年、秋になると、たわわに実った柿の実を収穫して楽しんだ。ひとつ、ふたつ、みっつ、よっつ……。不揃いの大きさの、形も色もまばらな柿たちがテーブルに並んだ。虫食いの跡や、傷も愛おしく、優しい甘さを携えた柿が大好きだった。小学校五年生の時に書いた詩が残っている。

あまがき

あまそうなまっかなあまがき。
今年は、ほんのちょっぴりのあまがき。
でも大きい大きいあまがきがなった。
食べると、さとうをいっぱい
なめた味。
かきの味。
がまじってる
おいしい、おいしい。
だんだんだんだん小さくなる。
あれ、なんかおかしい。

たねがない。
のみこんじゃったのかな。
もう一つ食べてもたねがない
かくれちゃったのかな
不思議　不思議。

ある年の、柿の実を食べた時の思い出だ。あまがき、あまがきと繰り返すリズムを口ずさみながら、鉛筆を傾けたあの日の教室。飲み込んでしまったかもしれない柿の種。お腹の中に、小さな芽がずんずん伸びてゆくのではないかしら、と布団の中でちょっぴり怖くなった幼い日の私。心の奥の大切な場所へ置かれた記憶をたどって、ことばを紡ぐ瞬間の楽しさは、この時、知らずと手にしていたのかもしれない。

今はもうない柿の木。澄んだ秋空を見上げると、記憶の中の実は、つややかな橙色の光に輝いている。

冬の校庭

冬の校庭、はしゃぐ声が青空へ響く。六年通った小学校は、鯨ヶ丘と呼ばれる場所に建っていた。休み時間になると、蜘蛛の子を散らすように子どもたちが駈けてゆく。広々とした乾いた校庭で、子どもたちは、バドミントン、大縄、花いちもんめ、ゴム飛び、かけっこ、ドッジボール。思い思いの遊びに、時を忘れて楽しんだ。

かってうれしい　花いちもんめ
まけてくやしい　花いちもんめ

仲良しの友だちと手をつないで歌った「花いちもんめ」。耳に残る柔らかな声。じゃんけんに勝ったこと、負けたこと、頬を寄せてほほえみ合っていた優しい時間の糸が、ゆっくりと今へつながっている。時間割の外側にある、自由に心と体を広げて遊ぶ時間は、羽が生えたように伸びやかで、心地よかった。凍てつく寒さを越えて、思い切り遊んで帰る教室には、すっかり冷えた椅子が次の授業を待っていた。リコーダーを吹く指がまだ冷たいけれど、窓から射す柔らかな陽が、のんびりと体を温めてゆく。

やがて鐘が鳴り、ガタゴトと帰りの支度をして教室を出る。「また明日！」「またね！」上履きのゴムがすれてキュッキュッと鳴る。みどり濃い畦道、砂利道を通って家路に着く時、急な坂道を下っていくと、見上げれば空には大きな虹がかかっていた。ひとみに映る美しい七色。今日から明日、明日から明後日へ、どこまでも無限に広がってゆく未来を、ただ無心に見上げていた。

石油ストーブとやかん

石油ストーブの上にやかんがのって、しゅんしゅんと白い湯気を上げている。じんわりと熱いオレンジ色の灯が、食卓を照らしている。幼い日の冬の朝、いつも決まって思い出す光景だ。まだ覚めきらない目をこすりながら、ストーブの前に座って、冷えた手のひらを温めていた小さな自分の後ろ姿。

最近、やかんを知らない世代のお母さんがいると聞いて驚いた。時代の変化とともに家庭で使われる物も変わってゆく。ふと台所を見つめれば、いつのまにか私も、電気ケトルを使っている。日本でやかんは、鎌倉時代にすでに登場し、元々は薬（漢方薬）を煮出すのに利用されていたそうだ。じっくりと時間をかけて、病をいやす薬を煎じていたあのころ。枕もとに置かれたやかんと見守る人の影。時の流れがゆったりと横たわって見えてくる。

忙しい朝には、素早く湯が沸く電気ケトルは優秀な助っ人。何気なく毎日使っているけれど、ふと手を止めて記憶をさかのぼれば、やかんがごとごとと鳴った、あの風景が蘇る。傍らには、ざっくりとした温かいセーターを着た母が忙しなく働いていて、背中をいつも追っていた私。冷えた水が、ゆっくりと温かい湯へ変わってゆく穏やかな時間の陽だまり。しゅんしゅん、しゅんしゅん。一日の始まりと移ろってゆく季節の足音を、小さな耳は、のんびりと聞いていた。

霜柱を踏んで

まさにその音を聞けば、本格的な冬が始まる。白い吐息を吐きながら、学校へ行く砂利道、土の道、その傍らにツンととがった霜柱の群れ。ふいに立ち止まって、運動靴のつま先を出す。ギュッと踏むと、ジャリ、シャリ、ジャリリ、シャリリリと、たちまち懐かしい冬の音がはじけた。

寒さが厳しくなる朝の登校、頬を赤らめ、手袋の上から息を吹きかけながら歩く道端に、透き通った霜柱を見つけると、思わず立ち止まって見つめたものだ。踏んでしまう前に、そっと手のひらに乗せることもあった。陽にかざすとキラキラと輝いて、とてもきれいだった。霜柱は、朝日を浴びて突然現れる、透明な小さな神殿のよう。自然が夜の間に形作るふしぎな美しい建造物。まるで、冬の女神たちの小さな落し物のように。

ぺしゃんこに踏んでしまうと、少し罪悪感にかられるのだが、また明日会えるのだからと、意地悪な気持ちになって、見つけるたびにどんどん踏んでしまう。シャリ、シャリリ、ジャリ、ジャリリ、ザクザク、ザクザク。大地に芽生えた楽器でも鳴らしているかのような気持ちになって、ランドセルの中の筆箱も、ノートも教科書も、一緒になってはずんで楽し気に鳴った。カッタンコットン、ガタゴトコットン。シャリシャリ、ザクザク、コトン、コトン。コトン、トトトト……。

おや？　トトトト？　耳慣れない音が、ある時、大地をそっとこすった。踏みしめるつま先のそばに、何か小さなものが、一瞬、よぎったように見えた。思わず足を止め、大地を見つめた。見えない小人が霜柱の影から逃げ出したのかしら？　ランドセルも黙ったまま、真っ赤になって佇んでいる。どこからか冷たい風が吹いて、早く行こう、とささやいている。冬の女神がかけた魔法、小人たちがまた、明日の朝、足元に輝く小さな神殿に迷い込むのかもしれない。

飼育

幼いころ、たくさんの生き物を飼っていた。犬、金鶏、トカゲ、亀、オタマジャクシ、十姉妹、インコ、ハムスター、バッタ、金魚、鯉、なまず……。

書き連ねると、それぞれの生き物たちの、なんとも野性的な呼吸が蘇ってくる。自然あふれる環境で遊ぶ日々の中で、自ずと集まってきた生き物たちが多い。小学校の帰り道、田んぼの畦をのぞけば、たくさんのオタマジャクシが泳いでいた。きらめく水面に泳ぐ音符のような愛らしいオタマジャクシが大好きだった。時には、ゼリー状の卵をごっそり持ち帰って観察した。洗面器の中でのんびり孵化したオタマジャクシは、栄養不足でなかなか蛙になりきれなかった。四肢が生えたまま、尻尾を残したオタマジャクシがちょっぴりかわいそうになって、そっと田んぼの畦や家の隣の湿地へと逃がすこともあった。

また、釣り好きだった父が川から攫《さら》って来た魚たちが、いつも、庭の池や水槽の中を悠々と泳いでいた。人間のことばを持たない命の鼓動がいつも傍らに在ったことは、共生という、目に見えない地球のことばを、教えられたような気がしている。

アスファルトを歩く日々に慣れてしまうと、自然はいつのまにか、身近にありながら遠いものになる。幼き日に出会った生き物たちはいつも、土や風、水の匂いがした。実家を離れて、東京で暮らすようになった時、見上げた夜空に星が見えないことに心底驚いた。命の臍の緒がつながっている自然という原初から切り離されると、人の呼吸は浅く短くなっていく気がする。

ときおり、肩のあたりが縮こまって、吐く息が小さくなっている自分がいる。

足りない呼吸を取り戻そうと、あの春の畦の、小さなオタマジャクシの群れを思い描く。そうすると、ざわざわとなつかしい風の匂いがして、ランドセルを放り投げて遊びほうける小さな子に戻って、ふるさとの大きな空を、深く深く、呼吸するのだ。

あとがき

道草が大好きだった。小学校の帰り道、田んぼの畔道にしゃがみ込んで、オタマジャクシを見つめ、タンポポを摘み、石を拾って、水たまりに流れてゆく白い雲を、いつまでも追いかけていた。大人になってもぼんやりと空ばかり見上げている。

母となって見つめた子どもの記憶、自らの子ども時代の記憶、タンポポやシロツメクサの花冠を編むように、ひとつひとつの温かな記憶を紡いで一冊とした。

自らの生を振り返れば、いつも、色あせることのない果てしない青、懐かしい故郷の空がある。

二〇二三年　五月　神泉　薫

神泉　薫（しんせん　かおる）

一九七一年茨城県生まれ。

中村恵美（なかむら　めぐみ）筆名による著書に
詩集『火よ！』（二〇〇二年・書肆山田／第八回中原中也賞）
英訳詩集『Flame』（二〇〇四年・山口市）
詩集『十字路』（二〇〇五年・書肆山田）

神泉薫（しんせん　かおる）筆名による著書に
詩集『あおい、母』（二〇一二年・書肆山田／平成二十四年度茨城文学賞）
詩集『白であるから』（二〇一九年・七月堂）
英訳選詩集『Selected Poems Flame』（二〇二一年・私家版）
試論集『十三人の詩徒』（二〇二一年・七月堂）

編著　稲葉真弓選詩集『さようなら　は、やめときましょう』（「詩人の聲叢書」第六巻
　　　　　編集　天童大人・神泉薫／二〇一九年・響文社）

絵本『ふわふわ　ふー』（絵　三溝美知子／「こどものとも　〇・一・二・」二〇一四年五月号　福音館書店）
絵本『てのひらいっぱい　あったらいいな』（絵　網中いづる／「こどものとも　年少版」二〇二〇年一月号　福音館書店）

童話『童話　月夜のしずく』（二〇二二年・Edition Semaison）
童話『童話　ねずみのホープ』（二〇二二年・Edition Semaison）

ラジオパーソナリティー
調布ＦＭ「神泉薫のことばの扉」（二〇一七年七月〜二〇一八年六月）
調布ＦＭ「VΘEME! 現代の詩の聲とコトバを聴く VΘEME」（二〇一八年七月〜二〇一九年六月）
調布ＦＭ「神泉薫 Semaison 言葉の庭へ」（二〇一九年十月〜二〇二〇年九月）

現住所＝二五二―〇三一四　神奈川県相模原市南区南台二―一―三十二―八一〇
ホームページ https://www.shinsenkaoru.com/

エッセイ集　光の小箱

二〇二三年六月十五日　発行

著　者　神泉　薫
発行者　知念　明子
発行所　七　月　堂
〒一五四-〇〇二一　東京都世田谷区豪徳寺一-二-七
電話　〇三-六八〇四-四七八八
FAX　〇三-六八〇四-四七八七
印　刷　タイヨー美術印刷
製　本　あいずみ製本所

Printed in Japan
ISBN 978-4-87944-532-2 C0095